UNION INTERNATIONALE

POUR LA PROTECTION

DES ŒUVRES LITTÉRAIRES

ET ARTISTIQUES

CONVENTION DE BERNE DU 9 SEPTEMBRE 1886

ET

ACTE ADDITIONNEL DE PARIS DU 4 MAI 1896

TEXTES ET DOCUMENTS

PUBLIÉS AVEC QUELQUES OBSERVATIONS

PAR

CHARLES CONSTANT

AVOCAT A LA COUR D'APPEL DE PARIS

MEMBRE DU CONSEIL JUDICIAIRE DE LA *Société des Artistes français*

DE L'*Union centrale des Arts décoratifs*

ET DU *Syndicat de la propriété artistique*

PARIS

SOCIÉTÉ ANONYME DE L'IMPRIMERIE KUGELMANN

(G. Balitout, directeur)

12, RUE DE LA GRANGE-BATELIÈRE, 12

1897

UNION INTERNATIONALE

POUR LA PROTECTION

DES ŒUVRES LITTÉRAIRES ET ARTISTIQUES

CONVENTION DE BERNE DU 9 SEPTEMBRE 1896
ACTE ADDITIONNEL DE PARIS DU 4 MAI 1896

L'Union internationale pour la protection des œuvres littéraires et artistiques, signée à Berne, le 9 septembre 1886, a réalisé peut-être un des progrès les plus importants que les nations modernes aient pu accomplir dans le domaine du droit international. « C'est une affirmation éclatante de la conscience universelle en faveur du droit d'auteur, c'est une œuvre de rapprochement fraternel entre les peuples (1). »

Ce n'est point à un gouvernement, désireux d'aplanir des difficultés internationales, qu'est due l'initiative des conférences à la suite desquelles la Convention de Berne du 9 septembre 1886 a été signée, mais bien aux écrivains et aux artistes eux-mêmes qui, de tous pays et de toutes langues, se sont associés pour la sauvegarde et la défense de leurs droits. C'est, en effet, à la suite d'une conférence privée, convoquée à Berne, que le Conseil fédéral suisse soumit, au mois de décembre 1883, à l'examen des diverses puissances, un projet d'arrangement devant servir de base aux délégués pour la conclusion d'une convention d'union en cette matière. Douze Etats acceptèrent l'invitation fédérale et prirent part à une première conférence officielle, qui se réunit à Berne, du 8 au 19 septembre 1884. Un avant-projet fut élaboré dans cette première réunion et, l'année suivante, du 7 au 18 septembre 1885, une seconde conférence officielle dans laquelle seize gouvernements étaient représentés, arrêtait définitivement les termes de la Convention telle qu'elle a été signée le 9 septembre 1886, par les représentants de l'Allemagne, de la Belgique, de l'Es-

(1) Discours de M. Numa Droz, lors de la clôture des travaux de la Conférence de Berne, en 1885.

— 2 —

pagne, de la France, de la Grande-Bretagne, de Haïti, de l'Italie, de Liberia, de la Suisse et de la Tunisie (1).

Au 1er janvier 1896, les Etats faisant partie de l'Union étaient, par suite de nouvelles accessions (2), au nombre de douze, savoir : Allemagne, Belgique, Espagne avec ses colonies, France avec l'Algérie et ses colonies, Grande-Bretagne avec ses colonies et possessions, Haïti, Italie, Luxembourg, Monaco, Montenegro, Suisse, Tunisie (3).

Aux termes de l'article 17 de la Convention de Berne de 1886, cette Convention peut être soumise à des revisions, en vue d'y introduire des améliorations de nature à perfectionner le système de l'Union. Ces revisions ont lieu successivement dans un des pays de l'Union, entre les délégués desdits pays, et il est entendu qu'aucun changement à la Convention de 1886 n'est valable pour l'Union que moyennant l'assentiment unanime des pays qui la composent. Ajoutons cependant que les pays qui s'entendraient sur des perfectionnements à introduire dans la convention, sans réunir toutefois l'adhésion des autres pays de l'Union, sont libres de conclure, dans les limites de la convention générale, des arrangements particuliers (4).

C'est dans ces conditions que se sont réunis à Paris (5), du 15 avril au 4 mars 1896, les représentants des pays suivants : Allemagne, Belgique, Espagne, France, Grande-Bretagne, Italie, Luxembourg, Monaco, Montenegro, Norvège (6), Suisse,

(1) Les procès-verbaux officiels des trois conférences de Berne ont été publiés par les soins du gouvernement suisse et reproduits *in-extenso*, notamment dans . Martens, *Nouveau recueil général des traités*, 2e série, t. XII, p. 1 à 192.

(2) Les articles 18 et 19 de la Convention de 1886 admettent les pays qui n'y ont pas pris part a y accéder sur leur demande, en tout temps et pour leurs colonies ou possessions.

(3) Il convient d'ajouter aujourd'hui la Norvège par suite de son accession à la date du 11 avril 1896.

On remarquera que la Republique de Liberia est le seul Etat qui ne fasse plus partie de l'Union depuis 1886. Son representant avait signé la Convntion, mais la Republique de Liberia ne l'a pas ratifiee.

(4) L'article 15 de la Convention de 1886 autorise expressément ces arrangements particuliers.

(5) La réunion de la prochaine Conference aura lieu à Berlin, dans un delai de six à dix ans.

(6) L'adhésion de la Norvège à la Convention de Berne de 1886 est du 11 avril 1896.

Tunisie (1), « également animés du désir de protéger d'une manière toujours plus efficace et plus uniforme les droits des auteurs sur leurs œuvres littéraires et artistiques », et qu'ils ont conclu, à la date du 4 mai 1896, un Acte additionnel à la Convention de Berne du 9 septembre 1886. Cet Acte additionnel qui aura la même valeur et durée que la Convention, devra être ratifié aussitôt que faire se pourra et au plus tard dans le délai d'une année. Il entrera en vigueur trois mois après l'échange des ratifications entre les pays qui l'auront ratifié.

De plus, les représentants des pays sus indiqués ont signé à la même date (4 mai 1896) une Déclaration interprétant certaines dispositions de la Convention de Berne de 1886 et de l'Acte additionnel de Paris de 1896. Ils ont enfin émis des vœux concernant les réformes à introduire dans les diverses législations internes, en ce qui concerne les droits d'auteurs sur leurs œuvres littéraires et artistiques.

I

Les travaux de la Conférence de Paris de 1896 nous fournissent tout d'abord l'occasion de rappeler les principales dispositions de la Convention de Berne de 1886. Elle consacre deux grands principes : l'assimilation des unionistes aux nationaux (art. 1er) ; — la conservation des droits dans tous les pays de l'Union par le seul accomplissement des formalités exigées par la loi d'origine (art. 2, § 2). — Elle protège les auteurs des œuvres littéraires ou artistiques, ainsi que leurs ayants cause qui, par leur nationalité, ressortissent de l'un des Etats de l'Union (art. 2) ; elle nationalise pour ainsi dire les œuvres qui ont été publiées dans l'un des pays de l'Union, et accorde à

---

(1) A côté des représentants des pays ci-dessus denommés, faisant tous partie de l'Union internationale pour la protection des œuvres littéraires et artistiques, quatorze Etats non unionistes se sont fait representer à la Conference de Paris de 1896, savoir : République Argentine, Bolivie, Brésil, Bulgarie, Colombie, Danemark, Etats-Unis, Grèce, Guatemala, Mexique, Pérou, Portugal, Roumanie, Suède.

leurs éditeurs la même protection, quelle que soit la nationalité de leur auteur (art. 3). — L'auteur ou son œuvre est protégé, dans chaque pays de l'Union, pendant la durée de la
protection de la loi du pays d'origine et en tant que cette
durée ne dépasse pas celle de la loi nationale (art. 2, §§ 2, 3
et 4). — La Convention donne la nomenclature des œuvres
protégées (publiées ou non publiées) dans son article 4, duquel
il convient de rapprocher les articles 9 et 10 sur l'exécution
des œuvres dramatiques, dramatico-musicales et musicales
ainsi que sur les adaptations et arrangements de musique. —
Les articles 7 et 8 règlent ce qui concerne les chrestomathies,
les articles de journaux et de revues. — Les articles
11 et 12 indiquent les conditions à remplir pour agir en
justice contre les contrefacteurs et saisir les œuvres contre-
faites. — Enfin, après avoir reconnu aux divers Etats de
l'Union la faculté de conclure entre eux des arrangements particuliers (art. 15) et aux Etats restés en dehors de l'Union le
droit d'y accéder avec leurs colonies et possessions (art. 18 et
19), la Convention crée à Berne un *Bureau de l'Union internationale pour la protection des œuvres littéraires et artistiques*,
sous l'autorité de la Confédération suisse (art. 16) et règle
quelques points accessoires relatifs à la revision de la Convention, à sa mise en vigueur et à sa durée (art. 17 et 20).

Quant à l'Acte additionnel de 1896, il permettra, lorsqu'il
aura été ratifié, de protéger les œuvres posthumes (art. 2, § 5);
— d'assimiler les auteurs non ressortissant à un pays de l'Union
aux auteurs unionistes, à l'égard de leurs œuvres publiées
pour la première fois sur le territoire de l'Union (art. 3) ; — de
faire bénéficier de la législation nationale les œuvres d'architecture là où elles sont protégées comme telles, ainsi que les
photographies originales (art. 4) ; — de protéger le droit de
traduction aussi longtemps que le droit de reproduction, s'il
en est fait usage dans un délai de dix ans (art. 5.) ; — de
contrôler plus efficacement la reproduction en matière de
journaux et de publications périodiques (art. 7).

Telles sont, dans leur ensemble, les grandes lignes de la
Convention de Berne et de l'Acte additionnel de Paris. Faisons
connaître maintenant les textes mêmes de ces deux documents
diplomatiques en les accompagnant de quelques observations.

II

L'article 1er de la Convention de Berne est ainsi conçu :

ARTICLE 1er. — Les pays contractants sont constitués à l'état d'Union pour la protection des droits des auteurs sur leurs œuvres littéraires et artistiques.

1. — Certaines personnes auraient voulu que le mot de *propriété* littéraire et artistique, ou de *propriété intellectuelle* figurât dans le titre de la Convention ou dans son article 1er. Il ne nous paraît pas que cela fût nécessaire, puisque les expressions employées : *droits des auteurs sur leurs œuvres*, consacrent réellement le droit de propriété que possède tout auteur sur son œuvre et qu'il a été expressément convenu, à la seconde conférence de Berne, que l'expression : *protection des œuvres littéraires et artistiques* était l'équivalent de celle-ci : *protection de la propriété littéraire et artistique.*

2. — La délégation allemande avait proposé la rédaction suivante : «... pour la protection *du droit d'auteur* » au lieu de : «... pour la protection *des droits des auteurs* », qui a été adoptée. Il est certain que la convention n'a nullement pour objet de régler tous les droits des auteurs sur leurs œuvres, par exemple vis-à-vis des éditeurs, mais bien de protéger un droit tout à fait spécial, qui, dans certains pays, est envisagé comme un véritable droit de propriété, tandis qu'ailleurs on n'y voit qu'un droit personnel d'une nature particulière. Mais l'expression *droit d'auteur*, étant restreinte par le langage habituel à la perception de la taxe due à l'auteur, il a paru préférable de se servir d'un terme qui ne prêtât pas à l'équivoque; en employant les mots : *les droits des auteurs*, on a pensé éviter tout malentendu au sujet du but de l'Union.

3. — L'expression : *Pays contractants* a paru préférable à celle de : *Etats contractants*, vu la diversité qui règne dans la constitution intérieure des parties contractantes et la terminologie adoptée à cet égard par des conventions analogues,

4. — La protection est réservée aux *ressortissants des Etats contractants*; les auteurs ressortissant à un Etat non contrac-

tant ne sont pas protégés par la Convention, alors même qu'ils seraient domiciliés dans l'un des pays faisant partie de l'Union.

5. — Mais les œuvres publiées dans un pays de l'Union et dont l'auteur ressortirait à un pays n'en faisant pas partie, sont protégées dans les termes de l'article 3 de la Convention de 1886, modifié par l'acte additionnel de 1896 et dont le texte est ainsi conçu :

ARTICLE 3. — Les auteurs ne ressortissant pas à l'un des pays de l'Union, mais qui auraient publié ou fait publier, pour la première fois, leurs œuvres littéraires ou artistiques dans l'un de ces pays, jouiront, pour ces œuvres, de la protection accordée par la Convention de Berne et le présent Acte additionnel (1).

6. — Ajoutons que la Convention de 1886 n'établit d'ailleurs qu'un minimum de protection, les pays de l'Union restant toujours libres d'adopter un régime plus libéral pour les auteurs étrangers.

III

L'article 2 de la Convention de Berne de 1886, modifié dans son premier alinéa par l'Acte additionnel du 4 mai 1896, est ainsi conçu :

ARTICLE 2. — Les auteurs ressortissant à l'un des pays de l'Union, où leurs ayants cause, jouissent, dans les autres pays, pour leurs œuvres, *soit non publiees, soit publiees pour la premiere fois dans un de ces pays* (2), des droits que les lois respectives accordent actuellement ou accorderont par la suite aux nationaux.

La jouissance de ces droits est subordonnée à l'accomplissement des conditions et formalités prescrites par la législation du pays d'origine de l'œuvre (3), elle ne peut excéder, dans les autres pays, la durée de la protection accordée dans ledit pays d'origine.

Est considéré comme pays d'origine de l'œuvre, celui de la première publication, ou, si cette publication a lieu simultanément dans

(1) Le texte de l'article 3 de la Convention de 1886 etait ainsi conçu : « Les stipulations de la presente Convention s'appliquent egalement aux éditeurs d'œuvres litteraires ou artistiques publiees dans un des pays de l'Union et dont l'auteur appartient à un pays qui n'en fait pas partie ».

(2) Nous transcrivons ici *en italiques* la partie modifiee par l'Acte additionnel de 1896. — Le texte de la Convention de 1886 portait : « ... pour leurs œuvres, soit publiées dans un de ces pays, soit non publiées.. »

(3) Voir plus loin la note de la page 15.

plusieurs pays de l'Union, celui d'entre eux dont la législation accorde la durée de protection la plus courte.

Pour les œuvres non publiées, le pays auquel appartient l'auteur est considéré comme pays d'origine de l'œuvre.

Les œuvres posthumes sont comprises parmi les œuvres protégées (1).

L'article 2 de la Convention de 1886 doit être complété par les articles 9 et 10 qui sont ainsi conçus :

ARTICLE 9. — Les stipulations de l'article 2 s'appliquent à la représentation des œuvres dramatiques ou dramatico-musicales, que ces œuvres soient publiées ou non.

Les auteurs d'œuvres dramatiques ou dramatico-musicales, ou leurs ayants cause, sont, pendant la durée de leur droit exclusif de traduction, reciproquement protegés contre la représentation publique non autorisée de la traduction de leurs ouvrages.

Les stipulations de l'article 2 s'appliquent également à l'exécution publique des œuvres musicales non publiées ou de celles qui ont été publiées, mais dont l'auteur a expressément déclaré sur le titre ou en tête de l'ouvrage qu'il en interdit l'exécution publique.

ARTICLE 10. — Sont spécialement comprises parmi les reproductions illicites auxquelles s'applique la présente convention, les appropriations indirectes non autorisées d'un ouvrage littéraire ou artistique, désignées sous des noms divers tels que : *adaptations, arrangements de musique*, etc., lorsqu'elles ne sont que la reproduction d'un tel ouvrage, dans la même forme ou sous une autre forme, avec des changements, additions ou retranchements non essentiels, sans présenter d'ailleurs le caractère d'une nouvelle œuvre originale.

Il est entendu que, dans l'application du présent article, les tribunaux des divers pays de l'Union tiendront compte, s'il y a lieu, des réserves de leurs lois respectives.

Enfin il convient d'ajouter à l'article 9 ci-dessus, les n°s 2 et 3 du Protocole de clôture annexé à la Convention de 1886 et qui sont ainsi conçus :

2. — Au sujet de l'article 9, il est convenu que ceux des pays de l'Union dont la législation comprend implicitement, parmi les œuvres dramatico-musicales, les œuvres chorégraphiques, admettent expressément les dites œuvres au bénefice des dispositions de la convention conclue en date de ce jour. — Il est d'ailleurs entendu que les contestations qui s'élèveraient sur l'application de cette clause demeurent réservées à l'appréciation des tribunaux respectifs.

3. — Il est entendu que la fabrication et la vente des instruments servant à reproduire mécaniquement des airs de musique empruntés

(1) Ce dernier paragraphe n'existe pas dans la Convention de 1886, il a été ajouté par l'Acte additionnel de 1896.

au domaine privé ne sont pas considérés comme constituant le fait de contrefaçon musicale..

1. — L'article 2 constitue la base même de la Convention ; il pose un principe supérieur et, pour ainsi dire, de droit naturel, aux termes duquel l'auteur d'une œuvre littéraire ou artistique, quels que soient la nationalité de l'auteur et le lieu de la production de son œuvre, est protégé dans les Etats signataires de la Convention, à l'égal des ressortissants de chaque nation. La jouissance de ces droits est uniquement subordonnée à l'accomplissement des conditions et formalités qui peuvent être prescrites par la législation du pays d'origine de l'œuvre.

2. — Le terme de *ressortissants*, adopté dans la rédaction de l'article 2, indique clairement que la Convention entend protéger tous les auteurs qui ont l'indigénat dans l'un des pays de l'Union.

3. — Par œuvres *publiées*, il faut entendre les œuvres *éditées* dans un des pays de l'Union. En conséquence, la représentation d'une œuvre dramatique ou dramatico-musicale, l'exécution d'une œuvre musicale, l'exposition d'une œuvre d'art, ne constituent pas une *publication* dans le sens de l'article 2 de la Convention. (Déclaration du 4 mai 1896, § 2.)

4. — Les mots : *formalités et conditions*, comprennent l'ensemble de ce qui doit être observé pour que les droits de l'auteur par rapport à son œuvre puissent prendre naissance (en allemand : *Voranssetzemgen*), tandis que les effets et les conséquences de la protection (en allemand : *Wirkingen*), notamment en ce qui concerne l'étendue de la protection, doivent rester subordonnés au principe du traitement à l'égard des nationaux.

5. — Les *conditions* et *formalités* dont parle le paragraphe 2 de l'article 2 doivent s'entendre des *certificats* dont parle le paragraphe 3 de l'article 11 de la Convention. Dans plusieurs des Etats signataires de la convention, il n'y a pas d'autorité organisée pour la délivrance de semblables certificats ; des règlements spéciaux doivent donc intervenir sur ce point.

6. — Dans le projet du Conseil fédéral suisse, il était expressément stipulé que les auteurs ressortissant à l'un des pays de l'Union auraient « la même protection que les nationaux et le même recours légal contre toute atteinte portée à leurs droits » Cette stipulation, qui se trouvait dans presque toutes les con-

ventions alors en vigueur, a été supprimée de la rédaction de l'article 2, parce qu'elle était implicitement comprise dans le principe général consacré par cet article lui-même ; mais il a bien été entendu que ce changement de forme n'impliquait aucune modification quant au fond.

7. — La protection accordée réciproquement aux auteurs des pays contractants ne leur est assurée que pendant l'existence de leurs droits dans leur pays d'origine. La Convention n'admet donc pas le traitement national pur et simple, mais sanctionne le double principe du traitement national et du traitement du pays d'origine.

8. — Les rédacteurs de la Convention n'ont pas hésité à reconnaître que la fixation d'une durée de protection uniforme pour toute l'étendue de l'Union eût été un progrès considérable ; aussi ont-ils émis le vœu que les divers Etats fissent tous leurs efforts dans ce sens, et que, pour le moins, ils se missent d'accord pour protéger l'œuvre pendant toute la vie de l'auteur et pendant un certain laps de temps après sa mort. « Nous vous remercions de ce vœu, a dit M. Ulbach, au nom de la délégation française (séance du 17 septembre 1884), mais nous regrettons que la trouvant nécessaire vous ne l'ayez pas rendue superflue. »

9. — Par *ayants cause*, il faut entendre les cessionnaires et héritiers des auteurs, leurs successeurs à titre universel ou à titre particulier. Les mandataires, même légaux, ne sont pas assimilés aux auteurs : ils n'ont pas en effet, comme les ayants cause, de droits par eux-mêmes.

10. — La Convention a fait abstraction complète du domicile des auteurs pour fixer le principe de la protection de leurs droits. Tous ceux qui ont l'indigénat, dans l'un des Etats contractants, qui ressortissent à l'un des pays de l'Union, cessent, pour ainsi dire, d'être des étrangers et, quel que soit leur domicile, qu'il soit fixé sur le territoire de l'Union ou en dehors, ils bénéficient de la convention et jouissent en conséquence, pour leurs œuvres, des droits que les lois respectives accordent actuellement ou accorderont par la suite aux nationaux.

11. — Si les auteurs, qui possèdent l'indigénat dans un des pays de l'Union, n'ont pas besoin d'y être domiciliés pour jouir du bénéfice de la Convention, il est absolument nécessaire que leurs œuvres soient publiées dans le territoire de l'un des Etats

contractants: Pour les œuvres non publiées, c'est le pays auquel appartient l'auteur, par sa nationalité, qui est considéré comme pays d'origine de l'œuvre (art. 2, § 4).

12. — Quant aux auteurs qui, par leur nationalité, n'appar tiennent à aucun des Etats de l'Union, la Convention de 1886 ne leur reconnaissait aucun droit personnel ou direct; mais si leurs œuvres avaient été publiées daus un des pays contrac- tants, la convention nationalisait pour ainsi dire leurs œuvres et les auteurs pouvaient encore, bien que ne ressortissant pas à l'un des pays de l'Union, jouir des avantages de la convention par l'intermédiaire de leurs éditeurs.

L'Acte additionnel de 1896, en modifiant l'article 3 de la Convention de 1886, ne protège plus l'auteur par l'intermé- diaire de son éditeur; elle le protège directement s'il a publié son œuvre, *pour la première fois*, dans l'un des pays de l'Union,

13. — La transformation d'un roman en pièce de théâtre, ou d'une pièce de théâtre en roman, rentre dans les stipulations de l'article 10 de la Convention (Déclaration du 4 mai 1896, n° 3),

14. — Aux termes de l'article 2, alinéa 2 de la Convention, la protection assurée par les actes précités dépend uniquement de l'accomplissement, dans le pays d'origine de l'œuvre, des conditions et formalités qui peuvent être prescrites par la législation de ce pays. Il en sera de même pour la protection des *œuvres photographiques* mentionnées dans le n° 1, lettre B, du protocole de clôture modifié.(Déclaration du 4 mai 1896, n° 1.)

15. — En ce qui concerne les *œuvres musicales*, l'article 9 de la Convention, dans son alinéa 3, déclare que les stipulations de l'article 2 s'appliquent, que ces œuvres aient été ou non publiées, si l'auteur a expressément déclaré sur le titre ou en tête de l'ouvrage qu'il en a interdit l'exécution publique. Cette exigence paraît bien rigoureuse et la Conférence de Paris de 1896 a émis le vœu que « les législations des pays de l'Union fixent les limites dans lesquelles la prochaine Conférence pour- rait adopter le principe que les œuvres musicales publiées doi- vent être protégées contre l'exécution non autorisée, sans que l'auteur soit astreint à la mention de réserve ».

IV

L'article 4 de la Convention deBerne de 1886 est ainsi conçu :

ARTICLE 4. — L'expression *œuvres litteraires et artistiques* comprend les livres, brochures ou tous autres écrits ; les œuvres dramatiques ou dramatico-musicales, avec ou sans paroles ; les œuvres de dessin, de peinture, de sculpture, de gravure ; les lithographies, les illustrations, les cartes géographiques ; les plans, croquis et ouvrages plastiques relatifs à la géographie, à la topographie, à l'architecture ou aux sciences en général ; enfin toute production quelconque du domaine littéraire, scientifique ou artistique, qui pourrait être publiée par n'importe quel mode d'impression ou de reproduction.

1. — Il apparaît des derniers mots de l'article 4 : « production qui pourrait être publiée par n'importe quel mode d'impression ou de reproduction », que la Convention ne protège pas les productions appartenant au domaine scientifique, qui ne sont pas susceptibles d'être reproduites.

2. — L'article 4 ne mentionne que les « plans et croquis... relatifs à l'architecture ». Mais le numéro 1 du Protocole de clôture annexé à la Convention de 1886 et modifié par la Conférence de Paris de 1896, admet au bénéfice de la Convention non seulement les « plans d'architecture », mais encore « les *œuvres d'architecture* elles-mêmes », dans les pays de l'Union où la protection leur est accordée (1).

3. — Quant aux *œuvres photographiques* et à celles obtenues par un procédé analogue, l'article 4 ne les mentionne pas. Cependant, dès 1886, le numéro 1 du Protocole de clôture de la Convention de Berne admettait que, dans les pays où le caractère d'œuvres artistiques n'est pas refusé aux œuvres photographiques, les signataires s'engageaient à les admettre au bénéfice de la Convention. La Conférence de Paris de 1896 contient à leur sujet les stipulations suivantes (protocole de clôture

(1) Au sujet de l'article 4 — dit ce Protocole — il est convenu ce qui suit . « A. — Dans les pays de l'Union où la protection est accordée non seulement aux plans d'architecture, mais encore aux œuvres d'architecture elles-mêmes. ces œuvres sont admises au benefice des dispositions de la Convention de Berne et du présent Acte additionnel ».

n° 1) : « Au sujet de l'article 4, il est convenu ce qui suit... B.
— Les œuvres photographiques et les œuvres obtenues par un
procédé analogue sont admises au bénéfice des dispositions de
cet article en tant que la législation intérieure permet de le
faire, et dans la mesure de la protection qu'elle accorde aux
œuvres nationales similaires. Il est entendu que la photogra-
phie autorisée d'une œuvre d'art protégée jouit, dans tous les
pays de l'Union, de la protection légale, au sens de la Convention de Berne et du présent Acte additionnel, aussi longtemps
que dure le droit principal de reproduction de cette œuvre
même, et dans les limites des conventions privées entre les
ayants droit. »

Notons en outre le vœu émis par la Conférence de Paris dans
sa séance du 1ᵉʳ mai 1896 et qui est ainsi conçu : « Il est dési-
rable que, dans tous les pays de l'Union, la loi protège les
œuvres photographiques ou les œuvres obtenues par des pro-
cédés analogues, et que la durée de la protection soit de quinze
ans au moins. »

4. — Les *œuvres chorégraphiques*, non dénommées en l'article 4 de la Convention de 1886, ont fait aussi l'objet d'une
stipulation dans le protocole de clôture annexé à ladite convention : « Il est convenu — dit le n° 2 de ce protocole — que
ceux des pays de l'Union dont la législation comprend implicitement, parmi les œuvres dramatico-musicales, les œuvres
chorégraphiques, admettent expressément lesdites œuvres au
bénéfice des dispositions de la Convention en date de ce jour :
Il est d'ailleurs entendu que les contestations qui s'élèveraient
sur l'application de cette clause demeurent réservées à l'appréciation des tribunaux respectifs. »

V

L'article 5 de la Convention de Berne de 1886, modifié par
l'Acte additionnel de Paris de 1896, est ainsi conçu :

ARTICLE 5. — Les auteurs ressortissant à l'un des pays de l'Union,
ou leurs ayants cause, jouissent, dans les autres pays, du droit exclusif de faire ou d'autoriser la traduction de leurs œuvres *pendant
toute la durée du droit sur l'œuvre originale* (1). Toutefois le droit

(1) L'article 5 de la Convention de 1886 n'accordait le droit exclusif de
traduction que *jusqu'à l'expiration de dix années à partir de la publication
de l'œuvre originale dans l'un des pays de l'Union.*

exclusif de traduction cessera d'exister lorsque l'auteur n'en aura pa
fait usage dans un délai de dix ans à partir de la première publication
de l'œuvre originale en publiant ou en faisant publier, dans un des
pays de l Union, une traduction dans la langue pour laquelle la
protection sera réclamée.

Pour les ouvrages publiés par livraisons, le délai de dix années ne
compte qu'à dater de la publication de la dernière livraison de
l'œuvre originale.

Pour les œuvres composées de plusieurs volumes publiés par inter-
valles, ainsi que pour les bulletins ou cahiers publiés par des sociétés
littéraires ou savantes ou par des particuliers, chaque volume, bulle-
tin ou cahier, est, en ce qui concerne le délai de dix années, considéré
comme ouvrage séparé.

Dans les cas prévus au présent article, est admis comme date de
publication, pour le calcul des délais de protection, le 31 décembre
de l'année dans laquelle l'ouvrage a été publié.

ARTICLE 6. — Les traductions licites sont protégées comme des
ouvrages originaux. Elles jouissent, en conséquence, de la protection
stipulée aux articles 2 et 3 en ce qui concerne leur reproduction non
autorisée dans les pays de l'Union.

Il est entendu que s'il s'agit d'une œuvre pour laquelle le droit de
traduction est dans le domaine public, le traducteur ne peut pas
s'opposer à ce que la même œuvre soit traduite par d'autres écrivains.

1. — En assimilant le droit de traduction au droit de reproduction et en accordant à l'un et à l'autre la même protection,
la Conférence de Paris a réalisé un vœu qui, depuis longtemps,
avait été émis par les auteurs. Une seule condition est mise à
la protection de la traduction pendant toute la durée du droit
sur l'œuvre originale, c'est l'obligation pour l'auteur de faire
usage de son droit de traduction dans un délai de dix ans à
partir de la publication de l'œuvre originale.

2. — Le terme *livraisons*, employé dans le second alinéa de
l'article 2, désigne une partie d'un ouvrage paraissant par
fascicules successifs, qui ne forme pas en elle-même une
publication séparée, mais est si indissolublement liée au reste
de l'ouvrage, soit par la pagination, soit par son ensemble
typographique, que le défaut d'une seule livraison rendrait
l'ensemble de l'ouvrage incomplet et défectueux. (Rapport pré-
senté à la Conférence de 1885.)

3. — Les *romans-feuilletons* n'étaient pas considérés, par la
Convention de 1886, comme des ouvrages publiés par livraisons. Ils font aujourd'hui l'objet d'une disposition spéciale,

dans l'article 7 de la Convention, modifié par l'Acte additionnel de 1896 et dont nous reproduisons le texte ci-après.

4. — Si les œuvres littéraires ou artistiques, quelle que soit leur importance, ne peuvent être reproduites sans l'autorisation de l'auteur, en original ou en traduction, la Convention de 1886 a laissé à chacun la faculté de faire licitement des *emprunts*. L'article 8 dispose, en effet, en ces termes :

Article 8. — En ce qui concerne la faculté de faire licitement des emprunts à des œuvres littéraires ou artistiques pour des publications destinées à l'enseignement ou ayant un caractère scientifique, ou pour des chrestomathies, est réservé l'effet de la législation des pays de l'Union et des arrangements particuliers existants ou à conclure entre eux.

5. — Il a été d'ailleurs entendu, à la Conférence de 1885, que le droit de citation restait intact et que les *citations* continuaient à être permises dans la mesure où elles sont nécessaires pour les commentaires et les *études* critiques.

VI

L'article 7 de la Convention de 1886, modifié par l'Acte additionnel de 1896, est ainsi conçu :

Article 7. — Les *romans-feuilletons*, y compris les *nouvelles*, publiés dans les journaux ou recueils périodiques d'un des pays de l'Union, ne pourront être reproduits, en original ou en traduction, dans les autres pays, sans l'autorisation des auteurs ou de leurs ayants cause.

Il en sera de même pour les autres articles de journaux ou de recueils périodiques, lorsque les auteurs ou éditeurs auront expressément déclaré, dans le journal ou le recueil même où ils les auront fait paraître, qu'ils en interdisent la reproduction. Pour les recueils, il suffit que l'interdiction soit faite d'une manière générale en tête de chaque numéro.

A défaut d'interdiction, la reproduction sera permise à la condition d'indiquer la source.

En aucun cas, l'interdiction ne pourra s'appliquer aux articles de discussion politique, aux nouvelles du jour et aux *faits divers*.

1. — Les modifications apportées à l'article 7 de la Convention de 1886 par l'Acte additionnel de 1896 ont consisté à

déclarer tout d'abord, par une disposition bien nette, que les romans-feuilletons, y compris les nouvelles, étant des écrits, des œuvres littéraires, ne pouvaient être assimilés à des articles de journaux dont l'auteur doit se réserver la propriété par une mention expresse. En second lieu, l'Acte additionnel affirme l'obligation d'indiquer la source de l'emprunt fait à une publication périodique et élève en quelque sorte ce principe reconnu par beaucoup de législateurs au rang d'une disposition législative internationale.

2. — L'expression : *articles de discussion politique* ne s'applique qu'aux écrits concernant la politique du jour et non aux essais ou études ayant trait à des questions de politique générale ou d'économie sociale.

3. — On ne peut reproduire, sans autorisation spéciale, sous forme de recueil par exemple, une série d'articles de discussion politique ayant paru dans le même journal.

VII

La Convention de 1886 détermine les conditions à remplir pour agir en justice contre les contrefacteurs dans les articles 11 et 12 qui sont ainsi conçus :

ARTICLE 11. — Pour que les auteurs des ouvrages protégés par la présente convention soient, jusqu'à preuve contraire, considérés comme tels et admis, en conséquence, devant les tribunaux des divers pays de l'Union à exercer des poursuites contre les contrefaçons, il suffit que leur nom soit indiqué sur l'ouvrage en la manière usitée.

Pour les œuvres anonymes ou pseudonymes, l'éditeur dont le nom est indiqué sur l'ouvrage est fondé à sauvegarder les droits appartenant à l'auteur. Il est, sans autres preuves, réputé ayant cause de l'auteur anonyme ou pseudonyme.

Il est entendu, toutefois, que les tribunaux peuvent exiger, le cas échéant, la production d'un certificat délivré par l'autorité compétente, constatant que les formalités prescrites, dans le sens de l'article 2, par la législation du pays d'origine, ont été remplies (1).

(1) A notre sens, le dernier paragraphe de l'article 11 devrait être supprimé, aucune formalité ne doit être requise pour la protection internationale du droit d'auteur et les tribunaux, le cas échéant, seront bien inspirés de n'en exiger aucune et de ne pas user de la faculté que leur donne le paragraphe ci-dessus.

L'article 12 de la Convention de 1886, modifié dans son premier paragraphe par l'Acte additionnel de 1896, est ainsi conçu :

ARTICLE 12. — Toute œuvre contrefaite peut être saisie par les autorités compétentes des pays de l'Union où l'œuvre originale a droit à la protection légale.

La saisie a lieu conformément à la législation intérieure de chaque pays.

La Conférence de Paris de 1896 a, en outre, émis le vœu que « des dispositions pénales soient insérées dans des législations nationales afin de réprimer l'usurpation des noms, signatures ou signes des auteurs en matière d'œuvres littéraires et artistiques ».

VIII

Les articles 13 à 21 de la Convention de 1886 règlent des questions de détail et d'exécution qu'il suffit de résumer.

Il a d'abord été entendu (art. 13) que les dispositions de la Convention ne peuvent porter préjudice, en quoi que ce soit, au droit qui appartient au Gouvernement de chacun des pays de l'Union de permettre, de surveiller, d'interdire, par des mesures de législation ou de police intérieure, la circulation, la représentation, l'exposition de tout ouvrage ou production à l'égard desquels l'autorité compétente aurait à exercer ce droit.

Aux termes de l'article 14, la Convention, sous les réserves et conditions à déterminer d'un commun accord, s'applique à toutes les œuvres qui, au moment de son entrée en vigueur, ne sont pas tombées dans le domaine public dé leur pays d'origine.

L'accord commun prévu par l'article 14 est déterminé ainsi qu'il suit par le chiffre IV du Protocole de clôture annexé à la Convention de 1886 : — a) L'application de la Convention de 1886 et de l'Acte additionnel de 1896 aux œuvres non tombées dans le domaine public dans leur pays d'origine au moment de la mise en vigueur de ces actes aura lieu suivant les stipulations y relatives contenues dans des conventions spéciales existantes ou à conclure à cet effet. — b) A défaut de semblables stipulations entre pays de l'Union, les pays respectifs règleront, chacun pour ce qui le concerne, par la législation intérieure, les modalités relat.ves à l'application du principe contenu à l'article 14 de la Convention (1), les stipulations de cet article s'appliquant également au droit exclusif de traduction, tel qu'il est assuré par l'Acte additionnel de 1896. (Protocole de clôture, n° IV.)

Ainsi que nous l'avons déjà noté plus haut, la Convention de 1886 n'assure aux auteurs des pays unionistes qu'un minimum de protection et il a été expressément entendu (art. 15) que les Gouvernements des pays de l'Union se réservaient respectivement le droit de prendre séparément, entre eux, des arrangements particuliers, en tant que ces arrangements conféreraient aux auteurs ou à leurs ayants cause des droits plus étendus que ceux accordés par l'Union, ou qu'ils renfermeraient d'autres stipulations non contraires à la Convention internationale.

La Convention de 1886, en effet, n'affectait en rien le maintien des Conventions alors existantes entre les pays contractants, en tant que ces conventions confèrent aux auteurs ou à leurs ayants cause des droits plus étendus que ceux accordés par l'Union, ou qu'elles renferment d'autres stipulations non contraires à la Convention internationale. (Article additionnel à la Convention de 1886.) Autrement dit, la Convention générale permet des unions restreintes et en a même prévu spécialement l'application pour les photographies et les œuvres chorégraphiques. (Protocole de clôture, I et II.)

C'est l'article 16 de la Convention qui a institué, sous la haute autorité de l'administration supérieure de la Confédération suisse, un office international, sous le nom de *Bureau de l'Union internationale pour la protectoïn des œuvres littéraires et artistiques*. Cet office a son siège à Berne et publie en langue française, depuis le 1er janvier 1886, un journal mensuel : *Le droit d'auteur*, qui est l'organe officiel de l'Union (1).

Ce Bureau international centralise les renseignements de toute nature relatifs à la protection des droits des auteurs sur leurs œuvres littéraires et artistiques. Il les coordonne et les publie. Il procède aux études d'utilité commune comme intéressant l'Union et rédige, à l'aide des documents qui sont mis

(1) L'Allemagne, la Belgique et la Grande-Bretagne ont pris des arrêtes spéciaux pour assurer l'exécution de l'article 14 de la Convention. Il n'en a pas été edicte dans les autres pays de l'Union.

(2) Il se publie chez MM. Jent et Reinert, imprimeurs à Berne, format in-4° à 2 colonnes.

à sa disposition par les diverses Administrations, une feuille périodique en langue française, sur les questions concernant l'objet de l'Union. Les Gouvernements des pays de l'Union se sont réservé d'autoriser, d'un commun accord, le Bureau à publier une édition dans une ou plusieurs autres langues pour le cas où l'expérience en aurait démontré le besoin. Le Bureau international doit se tenir en tout temps à la disposition des membres de l'Union, pour leur fournir, sur les questions relatives à la protection des œuvres littéraires et artistiques, les renseignements spéciaux dont ils pourraient avoir besoin. (Protocole de clôture, chiffre V.)

La Convention de 1886 peut être soumise à des revisions en vue d'y introduire les améliorations de nature à perfectionner le système de l'Union. (Art. 17.) — Les questions de cette nature sont traitées dans des Conférences qui ont lieu successivement dans les pays de l'Union entre les délégués desdits pays. La première Conférence de revision a eu lieu à Paris du 15 avril au 4 mai 1896. La prochaine Conférence aura lieu à Berlin, dans le délai de six à dix ans, et la Conférence de Paris de 1896 a émis le vœu que, des délibérations de cette prochaine Conférence, sorte un texte unique de convention (1).

Rappelons encore que les pays qui n'ont pas pris part à la Convention de 1886, ou à l'Acte additionnel de 1896, peuvent y accéder sur leur demande, pourvu qu'ils assurent chez eux la protection légale des droits des auteurs sur leurs œuvres littéraires et artistiques. Les États qui veulent entrer dans l'Union peuvent accéder soit à la seule Convention de 1886, soit à celle-ci ou à l'un des actes qui la modifient ou l'interprètent, soit à ces trois actes, chacun de ceux-ci formant cependant un tout indivisible. Cette accession est notifiée par écrit au Gouvernement suisse et par celui-ci à tous les autres. Elle emporte, de plein droit, adhésion à toutes les clauses et admission à tous les avantages stipulés dans la Convention et l'Acte additionnel. Les pays accédants ont aussi le droit d'y accéder en tout temps pour leurs colonies ou possessions étrangères. Ils peuvent, à cet effet, soit faire une déclaration générale par laquelle toutes les colonies ou possessions sont comprises dans l'accession, soit nommer expressément celles qui y sont com-

____

(1) Ce sera d'ailleurs l'administration du pays où doit siéger la prochaine Conférence qui préparera, avec le concours du Bureau international de Berne, les travaux de cette Conférence (Protocole de clôture, chiffre V)

prises, soit se borner à indiquer celles qui en sont exclues. (Art. 19.).

Enfin la Convention de 1886 demeure en vigueur entre les unionistes pendant un temps indéterminé, jusqu'à l'expiration d'une année à partir du jour où la dénonciation en aura été faite. (Art. 20.) Cette dénonciation doit être adressée au Gouvernement de la Confédération suisse et ne produit son effet qu'à l'égard du pays qui l'aura faite, la Convention restant exécutoire pour les autres pays de l'Union.

IX

Le petit travail de coordination de la Convention de Berne de 1886 et de l'Acte additionnel de Paris de 1896, auquel nous venons de nous livrer, a besoin d'être complété par la nomenclature des lois et des traités actuellement en vigueur concernant, dans les divers pays de l'Union, les œuvres littéraires et artistiques. Nous ne faisons qu'indiquer la date des lois et des traités ; on en trouvera facilement le texte complet avec la traduction française dans les recueils spéciaux (1).

ALLEMAGNE. — *Législation intérieure* : Loi du 11 juin 1870, concernant le droit d'auteur sur les écrits, dessins, compositions musicales et œuvres dramatiques. — Loi du 9 janvier 1876, concernant le droit d'auteur sur les œuvres des arts figuratifs. — Loi du 10 janvier 1876, concernant la protection accordée aux photographies contre la contrefaçon. — *Traités* : France, 19 avril 1883 ; — Belgique, 12 décembre 1883 ; — Italie, 20 juin 1884 ; — Suisse, 13 mai 1869 et 23 mai 1881 ; — Grande-Bretagne (?) traités divers 1846-1886 ; — Etats-Unis, 15 janvier 1892.

BELGIQUE. — *Législation intérieure* : Loi du 22 mars 1886 sur le droit d'auteur. — *Traités* : Allemagne, 12 décembre 1883 ; — Espagne, 26 juin 1880 ; — Pays Bas, 30 mai 1858 ; — Portugal, 11 octobre 1886.

(1) Notamment dans *Le droit d'auteur*, organe officiel du bureau de l'Union internationale, et aussi dans les deux ouvrages suivants : CH. CONSTANT, *Code general des droits d'auteur*, Paris, A. Pedone, editour, vol. in-16 de 389 pages. — CH. LYON-CAEN ET PAUL DELALAIN, *Lois françaises et etrangeres sur la propriete litteraire et artistique*, 2, vol. in-8°.

Espagne. — *L'égislation intérieure* : Loi du 10 janvier 1879 sur la propriété intellectuelle et quelques dispositions du Code pénal de 1870 et 1889. — *Traités* : France, 16 juin, 1880 ; — Belgique, 26 juin 1880 ; — Italie, 28 juin 1880 ; — Portugal, 9 août 1880 ; — Pays-Bas, 31 décembre 1882 ; — Salvador, 23 juin 1884 ; — Colombie, 28 novembre 1885 ; — Guatemala, 25 mai 1893 ; — Mexique, 10 juin 1895.

France. — *Législation intérieure :* Loi du 19-24 juillet 1793, relative aux droits de propriété des auteurs d'écrits en tout genre, des compositeurs de musique, des peintres et des dessinateurs ; — Décret du 13 janvier 1791, relatif aux œuvres dramatiques et du 19 juillet 1791, relatif aux spectacles ; — Décret du 22 mars 1805, relatif aux œuvres posthumes ; — Lois des 3 août 1844, 8 avril 1854 et 14 juillet 1866 sur les droits des veuves, des héritiers et des ayants cause des auteurs ; — Code pénal de 1810 (art. 425 à 429) ; — Décret du 26 mars 1852, relatif à la propriété des ouvrages littéraires et artistiques publiés à l'étranger ; — Loi du 9 février 1895 sur les fraudes en matière artistique (1). — *Traités* : Luxembourg, 4 juillet 1856 et 16 décembre 1865 ; — Espagne, 11 juin 1880 ; — Allemagne, 19 avril 1883 ; — Italie, 9 juillet 1884 ; — Monaco, 9 novembre 1865 ; — Pays-Bas, 25 et 29 mars 1855 ; — Portugal, 11 juillet 1866 ; — Autriche-Hongrie, 11 décembre 1866 ; — Salvador, 2 juin 1880 ; — Suède et Norvège, 30 décembre 1881 ; — Mexique, 27 novembre 1886 ; — Bolivie, 8 septembre 1887 ; Paraguay, 21 juillet 1892 ; — Roumanie, 28 février 1893 (2).

Grande-Bretagne. — *Législation intérieure* : Loi du 1er juillet 1842, relative au droit des auteurs (Copyright) d'œuvres litté-

---

(1) Les 15 différents actes (6 lois, 4 décrets-lois, 10 décrets, 2 ordonnances, 2 circulaires et certaines dispositions du code pénal), qui composent la législation française en matière de propriété littéraire et artistique ont été coordonnés par M. Philipon, député, qui a déposé, le 20 novembre 1889, une proposition de loi qui, prise en considération par la Chambre des députés le 10 février 1890, a été rapportée le 3 juillet suivant, mais n'a pas encore été mise en discussion.

(2) Outre les traités et déclarations mentionnés ci-dessus, les auteurs français ont été admis au bénéfice de la loi nationale au Danemark et aux États-Unis, sans qu'il soit intervenu de traités spéciaux, en se basant seulement sur les dispositions du décret français du 26 mars 1852, par mesure de simple réciprocité. De plus le président des États-Unis a, par sa proclamation du 1er juillet 1891, formellement étendu les effets de la loi américaine du 3 mars 1891 aux citoyens français.

raires dramatiques et musicales ; — Lois de 1734, 1766 et 1777, relatives au droit de reproduction des œuvres d'art (gravures et estampes) ; — Loi du 18 mai 1814, relative aux sculptures, moulages de bustes et autres œuvres d'art ; — Loi du 13 août 1836, relative aux gravures et estampes en Irlande ; — Loi du 28 mai 1852, relative aux gravures en lithographie ; — Loi du 29 juillet 1862, relative à la répression des faits de fraude dans la fabrication et la vente des beaux-arts ; — Loi du 10 juin 1833, relative à la propriété littéraire dramatique ; — Loi du 1er juillet 1842, relative au droit de reproduction des œuvres littéraires, musicales et dramatiques ; — Loi des 10 août 1882 et 5 juillet 1888 sur les droits relatifs aux compositions musicales ; — Lois des 10 mai 1844, 28 mai 1852, 13 mai 1875 et 24 juin 1886 relatives au droit d'auteur dans les rapports internationaux (international Copyright) et coloniaux (1). — *Traités* : Etats-Unis, 16 juin, 1er juillet 1891 ; — Autriche-Hongrie, 24 avril 1893, 2 février et 11 mai 1895 ; — Une ordonnance du 28 novembre 1887, relative à la mise en vigueur de la Convention de Berne de 1886 dans la Grande-Bretagne, a fait table rase des dix-huit traités qui liaient ce pays avec ceux du continent.

Haïti. — Code pénal de 1835 et loi du 8 octobre 1885 sur la propriété littéraire et artistique.

Italie. — *Législation intérieure* : Loi du 10 mai 1882, modifiant la loi du 10 août 1875 sur les droits d'auteur ; — Décret du 19 septembre 1882 approuvant le texte unique des lois concernant les droits appartenant aux auteurs des œuvres de l'esprit ; — Circulaires du 13 décembre 1895 sur les mesures à prendre pour empêcher les exécutions ou représentations abusives des œuvres de nature à être représentées publiquement, soit dans les cafés-concerts, soit sur la scène. — *Traités* : Espagne, 28 juin 1880 ; — Allemagne, 20 juin 1884 ; — France, 9 juillet 1884 ; — Suisse, 22 juillet 1868 ; — Suède et Norvège, 9 octobre 1884 ; — Autriche-Hongrie, 8 juillet 1890 ; — Colombie, 27 octobre 1892 ; — Etats-Unis d'Amérique, 31 octobre 1892.

(1) Il y a longtemps qu'on a reconnu, en Angleterre, le besoin de condenser toutes les lois dont nous venons de donner l'énumération, en leur donnant une forme intelligible et systématique, au moyen d'une codification. Trois lois ont été élaborées en 1882, 1886 et 1888 en ce sens ; mais, depuis 1891, tous projets de codification ont été ajournés par la Chambre des lords.

Luxembourg (Grand-Duché de). — *Législation intérieure* : Décrets français de 1791, 1893 et 1809. — Loi hollandaise du 25 janvier 1817 établissant les droits qui peuvent être exercés relativement à l'impression et à la publication des ouvrages littéraires et des productions des arts ; — Code pénal du 18 juin 1879 (art. 191) ; — Arrêtés royaux de 1822 à 1845 ayant pour objet la mise à exécution des résolutions de la Diète germanique, concernant la contrefaçon et l'imitation des productions intellectuelles. — *Traités* : France, 4 et 6 juillet 1856 et 16 décembre 1865.

Monaco (Principauté de). — Ordonnance souveraine du 27 février 1889 et arrêté du 20 mai suivant.

Monténégro. — Pas de loi spéciale. Application des principes du droit commun.

Norvège. — *Législation intérieure* : Loi du 4 juillet 1893 sur le droit des auteurs et des artistes. — *Traités* : Danemark, 27 novembre 1879 ; — Italie, 9 octobre 1884 ; — France, 30 décembre 1881, 15 février 1884 et 13 février 1892.

Suisse. — *Législation intérieure* : Loi fédérale du 23 avril 1883, concernant la propriété littéraire et artistique. — *Traités* : Italie, 22 juillet 1868 ; — Allemagne, 13 mai 1869 et 23 mai 1881 ; — Etats-Unis, proclamation du 1er juillet 1891.

Tunisie. — Loi du 15 juin 1889, sur la propriété littéraire et artistique.

X

Au nombre des pays qui ne font pas encore partie de l'Union internationale pour la protection des œuvres littéraires et artistiques, plusieurs possèdent une législation spéciale sur la matière. Nous citerons notamment ; l'Autriche (loi du 26 décembre 1895) et la Hongrie (loi du 26 avril 1884) ; — Le Danemark (lois des 29 décembre 1857, 31 mars 1864, 24 mars 1865, 23 février 1866, 21 février 1868, 24 mai 1879 et 12 avril 1889) ; — La Grèce (code pénal de 1833, art. 432 et 433 et lois concernant le dépôt des œuvres en date des 10 mai 1834 et 24 novembre 1867) ; — Les Pays-Bas (loi du 28 juin 1881) ; — Le Portugal (code civil de 1867, articles 570 à 612 et code pénal de 1886, art. 457, 458 et 460) ; — La Roumanie (loi sur la presse du 1er 13 avril 1862, art. 1 à 12 et art. 339 à 342 du code pénal de 1864) ; — La Russie (règlement sur la censure et la presse, édition de 1886, art. 1 à 54). — La Suède (loi du 3 mai 1867 sur les reproductions des œuvres d'art, étendue aux reproductions exécutées par la voie de l'impression en vertu de la loi du 10 août 1897 sur la propriété littéraire (1), modifiée par celle du 10 janvier 1883) ; — La Turquie (règlement sur l'impression des livres du 11 septembre 1872, loi sur les imprimeries du 10 janvier 1888, art. 19 et code pénal de 1857, art. 241) ; — Les Etats-Unis d'Amérique (loi du 3 mars 1891, revisée par celle du 2 mars 1895) ; — Le Chili (loi du 24 juillet 1834) ; — La Colombie (loi du 26 octobre 1886) ; — L'Equateur (loi du 3 août 1887) ; — Le Guatemala (loi du 29 octobre 1879) ; — Hawaï (loi du 23 juin 1888) ; — Le Mexique (art. 1245 à 1387 du code civil de 1871) ; — Le Pérou (loi du 3 novembre 1849) ; — Le Vénézuéla (loi du 17 mai 1894) ; — Le Japon (ordonnances du 28 décembre 1887 relatives aux droits de propriété des auteurs, aux œuvres dramatiques et compositions musicales et au droit de propriété sur les photographies).

La Bulgarie, la Chine, l'Egypte, la Serbie, Costa-Rica et le Nicaragua sont les seuls pays dans lesquels n'existe aucune disposition positive d'ordre légal ou conventionnel relative à la propriété littéraire et artistique. Le Brésil, la République Argentine, le Honduras, le Paraguay, le Salvador et l'Uruguay sans avoir de législation spéciale sur la matière, ont au moins proclamé le principe de la protection des œuvres intellectuelles dans leurs constitutions ou leurs codes.

XI

Malgré la sécheresse de ce très modeste travail, qui ne contient guère, en réalité, que des textes et des dates, nous espérons que l'on pourra cependant y puiser des renseignements utiles pour la protection, dans tous les pays, des droits des auteurs sur leurs œuvres littéraires et artistiques

(1) Un nouveau projet de loi, modifiant la loi du 10 août 1877 a été examiné par la cour suprême de Suède le 11 juillet 1896.